7 GÉNÉRATIONS

VOLUME I

AUTEUR : DAVID ALEXANDER ROBERTSON

ILLUSTRATEUR : SCOTT B. HENDERSON

PLAINES

www.plaines.ca

7 Générations : volume 1
ISBN : 978-2-89611-392-7

Tous droits réservés.
Version française © 2013 Éditions des Plaines
Texte © 2013 David Alexander Robertson
Illustrations © 2013 Scott B. Henderson
Version anglaise © Portage and Main Press

Les Éditions des Plaines sont membres d'Access Copyright. Aucune partie de cet ouvrage ne peut être reproduite ou transmise sous aucune forme ou par quelque moyen électronique ou mécanique que ce soit, par photocopie, par enregistrement ou par quelque forme d'entreposage d'information ou système de recouvrement, sans la permission écrite de l'éditeur.
Les Éditions des Plaines remercient le Conseil des arts du Canada et le Conseil des arts du Manitoba du soutien accordé dans le cadre les subventions globales aux éditeurs et reconnaissent l'aide financière du gouvernement du Canada par l'entremise du Fonds du livre du Canada et du ministère de la Culture, Patrimoine et Tourisme du Manitoba, pour leurs activités d'édition.

Traduction en français : Diane Lavoie
Image de la couverture : Scott B. Henderson
Conception de la couverture et mise en page : Relish New Brand Experience
Éditrice en chef : Joanne Therrien
Éditrice déléguée : Estée Sabourin
Révision : Lynne Therrien

Catalogage avant publication de Bibliothèque et Archives Canada
Robertson, David, 1977-
[Romans graphiques. Extraits. Français]
7 générations / David Alexander Robertson ; illustrateur, Scott B. Henderson ; traduction, Diane Lavoie.

Traduction de: 7 generations.
Sommaire: Vol. 1. Pierre. Cicatrices -- vol. 2. Rupture. Pacte.
Publié en formats imprimé(s) et électronique(s).
ISBN 978-2-89611-392-7 (vol. 1 : couverture souple).--
ISBN 978-2-89611-396-5 (vol. 2 : couverture souple).--
ISBN 978-2-89611-395-8 (vol. 1 : pdf).--ISBN 978-2-89611-394-1 (vol. 1 : epub).--
ISBN 978-2-89611-393-4 (vol. 1 : mobi).--ISBN 978-2-89611-399-6 (vol. 2 : pdf).--
ISBN 978-2-89611-398-9 (vol. 2 : epub).--ISBN 978-2-89611-397-2 (vol. 2 : mobi)

1. Cris (Indiens)--Bandes dessinées. 2. Cris (Indiens)--Romans, nouvelles, etc. pour la jeunesse. 3. Romans graphiques. I. Henderson, Scott B., illustrateur II. Lavoie, Diane, 1960-, traducteur III. Robertson, David, 1977- . Stone. Français. IV. Robertson, David, 1977- . Scars. Français. V. Robertson, David, 1977- . Ends/begins. Français. VI. Robertson, David, 1977- . Pact. Français. VII. Titre. VIII. Titre: Sept générations. IX. Titre: Cicatrices. X. Titre: Pacte. XI. Titre: Pierre. XII. Titre: Rupture.

PN6734.S49R6214 2013 j741.5'971 C2013-905107-4
C2013-905108-2

Dépôt légal, 2013 :
Bibliothèque et Archives Canada, Bibliothèque nationale du Québec et Bibliothèque provinciale du Manitoba.

PLAINES
www.plaines.ca

Éditions des Plaines C.P. 123
Saint-Boniface, Manitoba, Canada R2H 3B4
Tél. 204 235 0078
courriel : admin@plaines.mb.ca
www.plaines.ca

Table des matières

7 GÉNÉRATIONS

PIERRE

DAVID ALEXANDER ROBERTSON SCOTT B. HENDERSON

25 MARS 2013
ALLEZ, RÉPONDS.
CHÈRE MAMAN...
J'EN AI ASSEZ D'ESPÉRER.
BWE 751
J'EN AI ASSEZ D'ATTENDRE.
DORÉNAVANT, JE NE RESSENTIRAI PLUS RIEN.
NI LA TRISTESSE NI LA DÉCEPTION.
JE VAIS SEULEMENT DORMIR.
FINI L'ATTENTE, FINI L'ESPOIR. ÇA NE SERT À RIEN D'ESPÉRER.
LE TÉLÉPHONE NE SONNE JAMAIS...

... ET JE N'EN PEUX PLUS. LA NUIT PASSÉE, J'AI RÊVÉ QUE JE MARCHAIS DANS LA FORÊT. À UN MOMENT DONNÉ, IL Y AVAIT DES ARBRES PARTOUT AUTOUR DE MOI ET J'ÉTAIS PERDU. JE ME RENDS COMPTE MAINTENANT QUE JE NE SORTIRAI JAMAIS DE CE RÊVE. JE NE VEUX PLUS ME SENTIR PERDU OU ATTENDRE QUE QUELQU'UN ME TROUVE.
NIN

JE T'EN PRIE, PARDONNE-MOI.

EMERGENCY

JE T'AIME, EDWIN.

SALUT, M'MAN.
SALUT, MON GARS.
C'ÉTAIT PRÉVU.
J'AI TROUVÉ TA LETTRE.
TU AS TOUTE LA DEVANT TOI.
J'AIMERAIS QUE TU PUISSES T'EN RENDRE COMPTE.
NOTRE PASSÉ NOUS CONDITIONNE. TOI, MOI...
CHACUN DE NOUS.
LE PASSÉ N'EST PAS UNE EXCUSE VALABLE.
NON, C'EST VRAI...

... MAIS TU DOIS SAVOIR D'OÙ TU VIENS.
7 GÉNÉRATIONS
PIERRE
AUTEUR : DAVID ALEXANDER ROBERTSON
ILLUSTRATEUR : SCOTT B. HENDERSON

DÉBUT DU 19e SIÈCLE...
SALUT, PIERRE*.
OURS! TU
REVENU
JE REVIENS TOUJOURS, FRÉROT.
J'AIMERAIS T'ACCOMPAGNER UN JOUR.
TU ES PRÊT À DEVENIR UN HOMME, PETIT FRÈRE?
OU
*TRADUIT DU CRI.
TU ES PEUT-ÊTRE MÛR, APRÈS TOUT.
TU MONTERAS À MES CÔTÉS, AVEC LES GUERRIERS.
SI TU ARRIVES À NOUS SUIVRE, ÉVIDEMMENT.
TU VIEILLIS, OURS!
TU VERRAS

PEU DE TEMPS APRÈS, PIERRE COMMENCE SA QUÊTE DE VISION.
PIERRE...
... SUER PURIFIE LE CORPS ET L'ESPRIT.
C'EST NÉCESSAIRE POUR CE QUI T'ATTEND.
APRÈS TA VISION, DES OBJETS TE LA RAPPELLERONT... DES PLUMES, DES AMULETTES...
CONSERVE-LES.
ILS TE PORTERONT CHANCE.
TU NE DOIS NI MANGER NI BOIRE.
VA DANS LA FORÊT.

TROUVE UN ENDROIT TRANQUILLE OÙ L'ON ENTEND QUE LES BRUITS DE NOTRE MÈRE LA TERRE.
À CET ENDROIT, PRIE LE CRÉATEUR...
POUR QU'IL TE DONNE LA SOLIDITÉ ET LA BEAUTÉ STOÏQUE DE LA PIERRE DONT TU TIRES TON NOM.
À UN MOMENT DONNÉ...
TU SENTIRAS TON ESPRIT S'EMBROUILLER.
JOUR 3
COURAGE, PIERRE...
VOICI LE MOMENT OÙ LA VISION APPARAIT.

L'AIGLE...

RIEN N'ARRIVE SANS RAISON, PIERRE.
LA VISION REPRÉSENTE TON PASSÉ, TON PRÉSENT ET TON FUTUR.
CETTE AMULETTE TE RAPPELLERA TA VISION CE QUE TU DOIS FAIRE
C'EST TON DESTIN.
QUELQUES JOURS PLUS TARD...
MMMM...
ÇA AUSSI, MAMAN?
OUI, IL LES AIMERA.
PARCE QU'IL T'AIME.
AUTANT QUE JE L'AIME.
BIENVENUE, NAHOWAY*.
*CHANT LOINTAIN.

ILS SE SONT MARIÉS.
AMIS D'ENFANCE...
AMOUR DE JEUNESSE...
MERCI.
... LEURS FAMILLES ONT RENFORCÉ CE LIEN.

PEU DE TEMPS APRÈS, UN AUTRE CAMP A ÉTÉ ÉTABLI À PROXIMITÉ.
CRÉATEUR, GUIDE-MOI.
TCHAC!
ILS ONT FAIT CONNAISSANCE AU COURS D'UNE COMPÉTITION.
LE JEU DU CERCEAU ÉTAIT AU PROGRAMME.
UNE ÉPREUVE DE PRÉCISION À LAQUELLE PIERRE GAGNAIT TOUJOURS.

QUANT AU TITRE
E MEILLEUR CAVA-
IER, LES FAVORIS
ONT VITE ÉTÉ...
... DEUX FRÈRES.
PAS MAL, PIERRE...
UN PEU PLUS ET NOUS NOUS RETROUVIONS TOUS LES DEUX DANS LE VIDE.
PAS SURPRENANT, TU M'AS TOUT APPRIS.
TU SAIS QUE LE CRIEUR A ANNONCÉ UNE DANSE DE LA SOIF.
PROMETS-MOI QUE TU DANSERAS POUR DEVENIR UN BRAVE.
JE TE LE PROMETS.

FRÉROT.
TU VIENDRAS PEUT-ÊTRE LA PROCHAINE FOIS, MAIS COMME LES PIEDS-NOIRS SONT DANGEREUX...
PAS CE SOIR.
CRÉATEUR, FAIS QUE JE SOIS FORT ET INFAILLIBLE. PROTÈGE-MOI.
OURS?

MON FILS.
TIENS BON.
DORS BIEN...
J'AIMERAIS POUVOIR DORMIR MOI AUSSI. MAIS PAS CE SOIR.
DIEU, AIDE-MOI. FAIS QUE JE SOIS SUFFISAMMENT FORTE POUR NOUS DEUX PENDANT CETTE ÉPREUVE. JUSQU'À CE QU'IL REPRENNE LE DESSUS.
RÉCEPTION
M'MAN?

JE SUIS ENCORE SURPRIS QUAND JE ME RÉVEILLE.
JE ME PENSE LIBRE, PUIS, C'EST LA DÉCEPTION.
ÇA NE ME FAIT PAS PEUR, TU SAIS...
LA MORT.
QUAND JE ME RÉVEILLE...
JE REGARDE LA LUMIÈRE DANS L'EMBRASURE DE LA PORTE ET JE ME FAIS CROIRE QUE J'AI QUITTÉ CE BAS MONDE.
PUIS, TU ARRIVES.
COMME UN ANGE VENU ME DIRE QUE MON HEURE N'A PAS SONNÉ.
JE NE SAIS PAS CE QUE JE VEUX.
TOUT EST EMBROUILLÉ. J'AI MAL.
AVOIR MAL, ÇA VEUT DIRE ÊTRE VIVANT...

CRÉATEUR, EMMÈNE-LE DANS LES TERRITOIRES DE CHASSE...
PLUS TÔT...
NON...
MON FILS...
IL A ÉTÉ TUÉ PAR LES PIEDS-NOIRS.
PIERRE...
LES PIEDS-NOIRS...

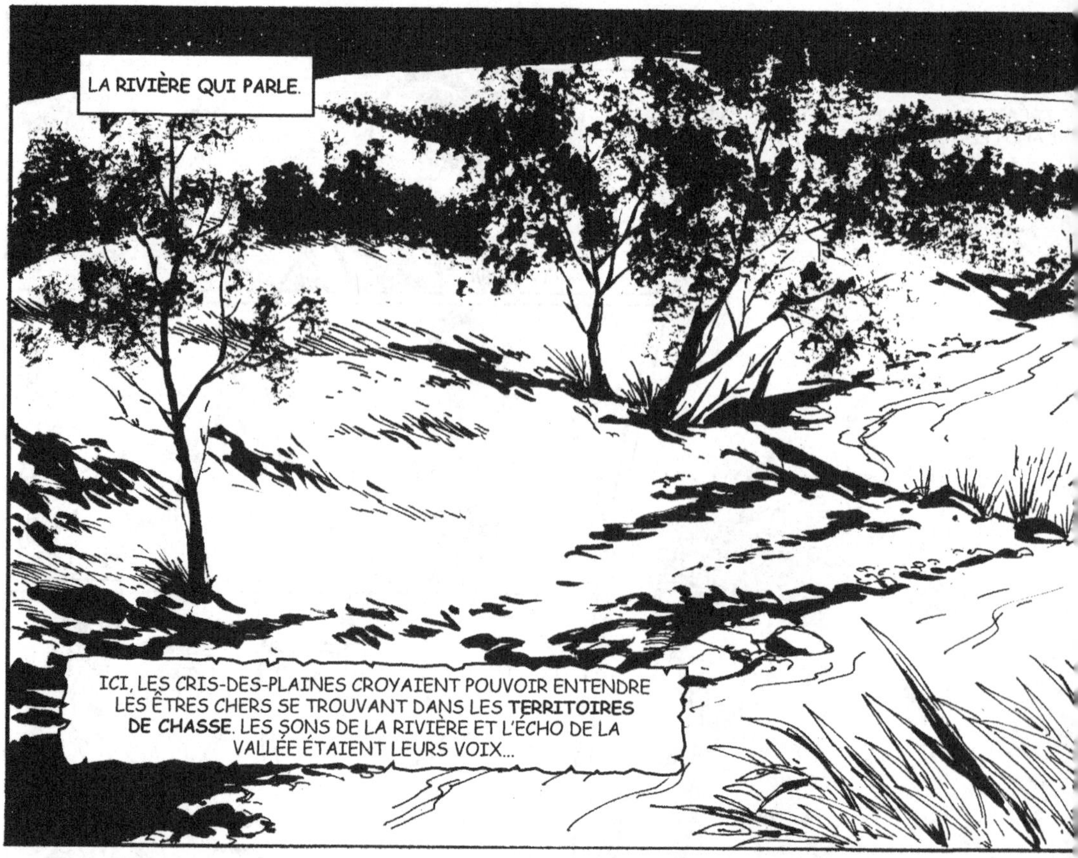

LA RIVIÈRE QUI PARLE.

ICI, LES CRIS-DES-PLAINES CROYAIENT POUVOIR ENTENDRE LES ÊTRES CHERS SE TROUVANT DANS LES **TERRITOIRES DE CHASSE**. LES SONS DE LA RIVIÈRE ET L'ÉCHO DE LA VALLÉE ÉTAIENT LEURS VOIX...

IL A ÉCOUTÉ ATTENTIVEMENT...

... LE CLAPOTIS
DE L'EAU...

ET LE BRUIT DU
VENT DANS LES
FEUILLES,
DE FAIBLES
MURMURES.

... A PRIÉ POUR QUE
SON FRÈRE ARRIVE
À BON PORT.

ERRE...

OURS?

TU ES MORT
COMME TU LE
SOUHAITAIS...
EN GUERRIER.
MAIS JE
SUIS SEUL
MAINTENANT.
TU N'ES PAS
SEUL.
TU ÉTAIS CENSÉ
TOUT M'APPRENDRE.
TA MORT NE M'
ENSEIGNÉ QUE
COLÈRE.
FRÈRE...
LA VIE COULE
COMME LA
RIVIÈRE.
CHACUN
DE NOUS EST UNE
PETITE VAGUE
QUI SURGIT PUIS
DISPARAIT.
NOUS FAISONS
PARTIE DU
CERCLE.
LA RAGE VA
T'AVEUGLER.
SOIS
PATIENT.
LES PIEDS-
NOIRS DOIVENT
PAYER POUR
TA MORT.
LE TEMPS
DE RÉGLER LES
COMPTES VIENDRA.
COMMENT LE
SAURAI-JE?
SOUVIENS-TOI DE
TA PROMESSE.

JE NE COMPRENDS PAS, M'MAN.
POURQUOI NE S'EST-IL PAS MIS À LA POURSUITE DE CELUI QUI AVAIT TUÉ OURS?
C'EST CE QUE JE FERAIS SI QUELQU'UN S'EN PRENAIT À TOI.
CE N'EST PAS COMME ÇA QU'ON FAISAIT À L'ÉPOQUE, EDWIN.
JE CROYAIS QU'AUTREFOIS, ON ÉTAIT DES SAUVAGES.
IL AURAIT DÛ LES SCALPER ET LES ÉVENTRER.
ON N'A JAMAIS ÉTÉ DES SAUVAGES.
DANS CE TEMPS-LÀ, LA FAMILLE, LA COMMUNAUTÉ, C'ÉTAIT IMPORTANT.
LA FAMILLE AVAIT LE DROIT DE VENGER LA MORT D'UN ÊTRE CHER, **D'UN FRÈRE**.
C'EST CETTE VOIE QUI ÉTAIT TRACÉE POUR PIERRE.
JE NE CROIS PAS AU DESTIN.
TU N'AS PAS BESOIN D'Y CROIRE MAINTENANT, MON FILS. MAIS TU EN AS UN, N'EN DOUTE PAS.

LA CHASSE AUX
BISONS.

BIEN JOUÉ,
PIERRE.

TU ES
PRÊT.

QUAND ME LAISSERONT-ILS ENFIN SORTIR?
QUAND EUX ET MOI SERONS CERTAINS QUE ÇA IRA.
JE NE SAIS MÊME PAS SI ÇA IRA.
ES-TU...
... PRÊT À PARLER DE CE QUI S'EST PASSÉ?
ON EN A DÉJÀ PARLÉ, M'MAN.
DU
COMMEN
OUI.
MAIS PAS DU POURQUOI.
QU'EST-CE QUE ÇA CHANGERAIT?
JE...
FINIS PLU
TON RÉCI

UX MOIS PLUS TARD...
LA **DANSE DE LA SOIF** ÉTAIT UNE CÉRÉMONIE QU'ON PRATIQUAIT AUTREFOIS.
LES PARTICIPANTS DANSAIENT PENDANT DES JOURS SANS BOIRE NI MANGER.
POUR HONORER LE GRAND ESPRIT.
PENDANT LA DANSE DE LA SOIF, UN GROUPE RESTREINT ARTICIPAIT À UNE DANSE ENCORE PLUS DOULOUREUSE.
CELLE DE L'**INITIATION D'UN BRAVE**.
CES JEUNES HOMMES ACCEPTAIENT DE SUBIR DES ÉPREUVES EN GUISE D'OFFRANDE AU GRAND ESPRIT ET POUR PROUVER LEUR BRAVOURE.
C'ÉTAIT LA DERNIÈRE ÉPREUVE À LAQUELLE PIERRE DEVAIT SE SOUMETTRE POUR ACCÉDER À LA SOCIÉTÉ DES GUERRIERS.
IL A DANSÉ AUTOUR DU POTEAU ÉRIGÉ DANS LA HUTTE.
LE MOMENT VENU, IL S'EST JETÉ EN ARRIÈRE POUR ARRACHER LES BROCHES DE SA PEAU.

PLUSIEURS SEMAINES PLUS TARD, ILS ONT TROUVÉ LE PIED-NOIR QUI AVAIT TUÉ SON FRÈRE.
PIERRE, AU MILIEU.

IL S'APPELLE JOUR DE CHANCE.

CRÉATEUR, DONNE-MOI LE POUVOIR DE L'AIGLE.
GUIDE MA MAIN.

PRENEZ D'ABORD LES AUTRES.

ENFIN...
... POUR TOI, FRÈRE.

TCHOC!
L'AFFAIRE ÉTAIT CLOSE.

TU VEUX SAVOIR POUR QUELLE RAISON JE T'AI RACONTÉ CETTE HISTOIRE, MON FILS?
NOUS AVONS TOUS QUELQU'UN POUR QUI IL VAUT LA PEINE DE SE BATTRE.
C'EST CE QUI NOUS DONNE DE L'ESPOIR.
NOUS MOTIVE.
MÊME QUAND ON A PEINE À AVANCER.
SI TU CHOISIS DE POURSUIVRE CE VOYAGE...
TU DÉCOUVRIRAS PEUT-ÊTRE QU'IL Y A QUELQU'UN QUI SE BAT POUR TOI.

J'AI TROUVÉ UN POÈME SOUS TON LIT...
JE PENSE QUE JE CONNAIS LE POURQUOI MAINTENANT.
JE VAIS TE LE LIRE.
EMMÈNE-MOI LOIN D'ICI, RIEN N'EST PLUS COMME AVANT.
UN LABYRINTHE DE COULOIRS ET DE GOUFFRES...
OÙ ES-TU?
VISAGE INTEMPOREL AU YEUX EMBUÉS.
SUFFOQU EN DISGR SOUS L VERRE.
SI TU POUVAIS CHANGER DE CAP, TU POURRAIS TOUT AVOIR, MAIS TU PRÉFÈRES TE DÉTRUIRE PLUTÔT QUE DE T'EN SORTIR.
DANS CES DOUCES VAGUES, J'OSE CROIRE QUE JE SUIS SAUVÉ.
POURTANT, JE CONTINUE DE COULER.
POURQUOI ES-TU PARTI?
À SUIVRE...

7 GÉNÉRATIONS

CICATRICES

DAVID ALEXANDER ROBERTSON

SCOTT B. HENDERSON

JE LE DÉTESTE.
JE SAIS.

TU SAIS,
EDWIN...

... PARFOIS...

ON AIME
QUELQUE
CHOSE À UN
POINT TEL...

QU'ON DÉCIDE DE
S'EN SÉPARER...

42
MÊME SI ÇA
FAIT MAL.

JE NE COMPRENDS
PAS, M'MAN.

7
GÉNÉRATIONS
CICATRICES
AUTEUR : DAVID ALEXANDER ROBERTSON
ILLUSTRATEUR : SCOTT B. HENDERSON
JE VAIS TE RACONTER UNE HISTOIRE CONCERNANT NOTRE FAMILLE.
ÇA SE PASSAIT EN 1870.

DE BIEN DES FAÇONS, C'ÉTAIT LA FIN DU MODE DE VIE TRADITIONNEL DE NOTRE PEUPLE.

LA FIN D'UNE ÉPOQUE QU'ON APPELAIT LE PARADIS.
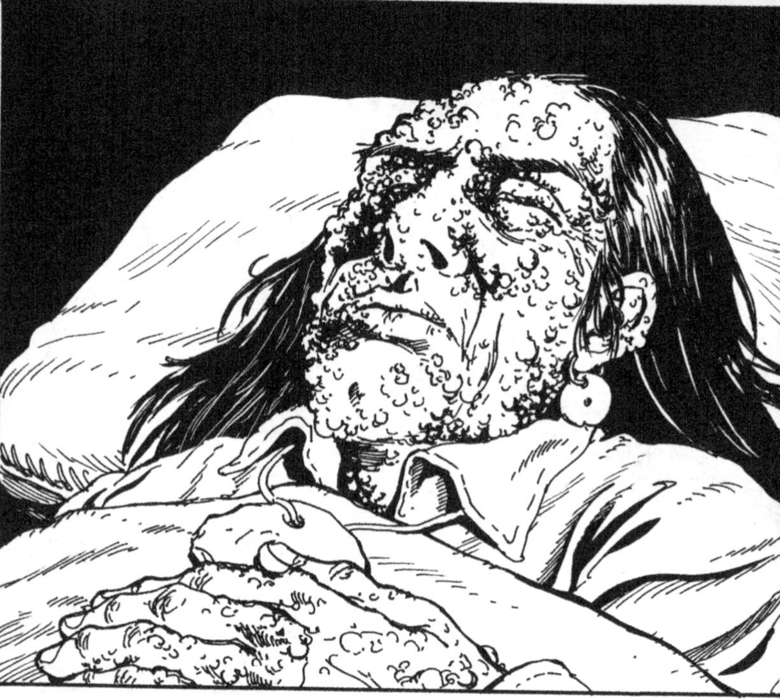

NUAGE BLANC...
OUI, PAPA?
TU DOIS QUITTER CET ENDROIT...
TU...
PAPA!
LAISSE, FILS. IL EST PARTI.

ILS ONT ENVELOPPÉ LE CORPS DE LEUR PÈRE DANS UNE PEAU DE BISON...

ET L'ONT DÉPOSÉ À CÔTÉ DE LA SŒUR CADETTE ET DU FRÈRE AINÉ DE NUAGE BLANC.

LA MÊME MALADIE LES AVAIT EMPORTÉS.

NOUS DEVO
PARTIR MA
TENANT, L
ENFANT.

CRAIGNANT L'ÉPIDÉMIE QUI AVAIT FRAPPÉ LEUR CAMP, ILS ONT ABANDONNÉ LES CORPS DES LEURS ET SONT ALLÉS S'INSTALLER SUR UNE RIVE À PROXIMITÉ.

MAIS ELLE LES A SUIVIS.
LEUR MÈRE EST TOMBÉE MALADE.
PUIS C'ÉTAIT AU TOUR DE LEUR PETITE SŒUR...
TROP JEUNE POUR COMBATTRE LE MAL.
MON FILS...
QU'ARRIVERA-T-IL À MES ENFANTS?
LEUR MÈRE EST MORTE CETTE NUIT-LÀ.
ET IL SEMBLAIT BIEN QU'ILS SUBIRAIENT TOUS LE MÊME SORT.
CE N'ÉTAIT QU'UNE QUESTION DE TEMPS.

DORS BIEN, MON GARS.
EST-CE QUE CE N'EST QU'UNE QUESTION DE TEMPS?
QU'ARRIVERA-T-IL À MON ENFANT?

VEUX-TU CONNAITRE LE RESTE DE L'HISTOIRE?
POURQUOI PAS.
LE LENDEMAIN, NUAGE BLANC A DÛ COMMENCER À S'OCCUPER DE SA PETITE SŒUR ET DE SON FRÈRE AINÉ.
S'IL TE PLAIT, BÉBÉ, AVALE UN PEU D'EAU.
NOUS AVONS BESOIN DE NOURRITURE, FRÈRE.
JE N'AI PAS FAIM.
LA PETITE ET TOI DEVEZ VOUS NOURRIR...
JE VAIS ALLER CHERCHER DE QUOI MANGER.

EN S'ÉLOIGNANT, INQUIET, I
S'EST DIT QU'IL NE LES REVERR
PEUT-ÊTRE JAMAIS.
IL A CHERCHÉ TOUTE LA JOURNÉE, MAIS N'A RIEN TROUVÉ À MANGER.
AU CAMPEMENT OÙ RÉGNAIT UN SILENCE DE MORT, IL A FAIT LA SEULE CHOSE QU'IL POUVAIT ENCORE FAIRE POUR LES SIENS.
QU'ILS REPOSENT EN PAIX.

TOUT LE MONDE EST MORT AU CAMP, GRAND FRÈRE. ÇA NE SERT PLUS À RIEN DE RESTER ICI.

ELLE EST MORTE.
CRÉATEUR, ACCUEILLE NOTRE PETITE SŒUR.

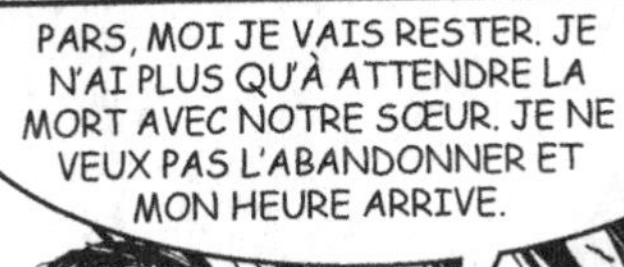
PARS, MOI JE VAIS RESTER. JE N'AI PLUS QU'À ATTENDRE LA MORT AVEC NOTRE SŒUR. JE NE VEUX PAS L'ABANDONNER ET MON HEURE ARRIVE.

FAIS EN SORTE QUE NOTRE FAMILLE SE PERPÉTUE. JE T'EN PRIE, VA-T'EN.

TU PEUX SURVIVRE.
JE...
... JE NE SAIS PAS OÙ ALLER.

TU TROUVERAS LA VOIE À SUIVRE.

D'OÙ VENAIT CETTE MALADIE, M'MAN?
ELLE EST APPARUE AVEC LES NOUVEAUX ARRIVANTS, EDWIN. NOTRE PEUPLE N'AVAIT PAS D'IMMUNITÉ CONTRE LEURS MALADIES. LA VARIOLE L'A DÉCIMÉ À PLUSIEURS REPRISES.
CE N'ÉTAIT PAS LA SEULE FOIS?
NON...

EN AMÉRIQUE, À UN ENDROIT APPELÉ FORT PITT, UN GÉNÉRAL DU NOM DE AMHERST A ORDONNÉ QUE DES COUVERTURES CONTAMINÉES PAR LA VARIOLE SOIENT REMISES AUX AMÉRINDIENS.
ÇA S'EST PASSÉ EN 1763. MAIS QUE CE SOIT ACCIDENTELLEMENT OU PAR SUITE D'UN GESTE DÉLIBÉRÉ, LA MALADIE NOUS A FRAPPÉS PLUSIEURS FOIS AU FIL DES ANS, ET NOUS N'AVIONS AUCUNE DÉFENSE.

D'APRÈS NOTRE HISTOIRE ORALE, L'ÉPIDÉMIE DE 1870 AURAIT COMMENCÉ DANS UN CAMP DE PIEDS-NOIRS.
ILS AURAIENT ATTRAPÉ LA VARIOLE DE COMMERÇANTS VIVANT DANS LA PARTIE SUPÉRIEURE DE LA RIVIÈRE MISSOURI.

INCAPABLES DE SE DÉFENDRE
ÉTANT TOUS MALADES OU MOR
ILS ONT ÉTÉ ATTAQUÉS PAR LE
CRIS-DES-PLAINES.
LES ASSAILLANTS ONT À LEUR TO
RAPPORTÉ LA MALADIE AVEC LES
ARMES, LES MARCHANDISES ET L
VÊTEMENTS QU'ILS AVAIENT PRI

ELLE A FINI PAR ATTEINDRE LE PEUPLE DE NUAGE BLANC.
SEUL SURVIVANT, IL A TOUT FAIT POUR RESTER EN VIE, MAIS IL ÉTAIT RENDU FAIBLE ET COMMENÇAIT À PERDRE ESPOIR.
IL LUTTAIT DEPUIS DES JOURS.
JUSTE AU MOMENT OÙ IL CROYAIT QUE TOUT ÉTAIT PERDU...
UN MIRACLE.

MON ONCLE?
NUAGE BLANC!
ATTENTION, I
POURRAIT AVOI
LA MALADIE.
PETIT NEVEU, COMMENT VA TA FAMILLE? ET MA SŒUR? AS-TU LA VARIOLE?
ILS SONT MORTS.
J'Y AI SURVÉCU.
ON NE PEUT PAS LE PRENDRE AVEC NOUS.
IL POURRAIT ENCORE L'AVOIR!
VOUS AVEZ ENTENDU CE QU'IL A DIT : TOUTE SA FAMILLE A PÉRI ET IL A ASSEZ SOUFFERT.
C'EST NOUS SA FAMILLE, MAINTENANT. I
VIENT AVEC NOUS.

PLUSIEURS JOURS PLUS TARD, ILS ONT APERÇU UN CAMPEMENT ET ONT REPRIS ESPOIR.
BOIS, PETIT NEVEU. ENSUITE, ON TE DONNERA À MANGER.
EN APPROCHANT, ILS ONT CONSTATÉ QUE LA MALADIE AVAIT FRAPPÉ LÀ AUSSI.
L'ENDROIT ÉTAIT PEUPLÉ DE FANTÔMES.
REGARDE...
IL Y A QUELQU'UN.

VOUS ÊTES VENUS POUR MOI.

SAUVEZ-MOI... JE VOUS EN PRIE.

JE...
N'AVANCE PAS, MON GARS.

JE M'APPELLE NUAGE BLANC.
IL N'Y A QUE MOI ICI.
JE SUIS LA SEULE SURVIVANTE.
ON NE PEUT PAS LA LAISSER; ELLE VA MOURIR.
IL LE FAUT.
NOUS AVONS PRIS SUFFISAMMENT DE RISQUES AVEC TOI.
AIS TU ES UN MEMBRE DE LA FAMILLE...
VIENS...
IL SAVAIT QU'ILS N'AVAIENT PAS LE CHOIX.
DÉSOLÉ...
ON NE PEUT PAS T'EMMENER.
NE ME LAISSEZ PAS...
NE ME LAISSEZ PAS.
CETTE DÉCISION
ANTERAIT NUAGE BLANC.
LES REGARDANT S'ÉLOIGNER, ELLE A CHANTÉ UNE BALLADE QUI S'EST TERMINÉE SUR UNE EXPRESSION DE PROFOND CHAGRIN.
« COMME J'AIMAIS CETTE CHANSON QUAND NOUS ÉTIONS TOUS EN VIE », A-T-ELLE DIT EN PLEURANT.

JE SAIS QUE TU ES CONTRARIÉ, MAIS TU DOIS COMPRENDRE QU'EN L'AIDANT, NOUS AURIONS SACRIFIÉ NOS VIES.

JE SAIS.
MAIS SI ON LUI AVAIT DONNÉ DE NOUVEAUX VÊTEMENTS?
LA MALADIE N'AURAIT PAS...
ELLE ÉTAIT ATTEINTE, TU L'AS BIEN VU.

TU Y AS ÉCHAPPÉ.

MAINTENANT, NOUS DEVONS PROTÉGER NOTRE NOUVELLE FAMILLE.

LES CICATRICES QUE J'AI VONT TOUJOURS ME RAPPELER CE QUI S'EST PASSÉ.

MAIS NOUS APPARTENONS TOUS À LA MÊME FAMILLE. NOUS SOUFFRONS ENSEMBLE.
ON NE PEUT PAS LAISSER MOURIR QUELQU'UN.
ILS VONT COMPRENDRE.
ILS N'ÉTAIENT PAS LOIN DU CAMPEMENT AUX FANTÔMES.
IL Y EST ARRIVÉ EN UN RIEN DE TEMPS.
IL S'ÉTAIT ÉCOULÉ PEU DE TEMPS DEPUIS QU'ILS AVAIENT ABANDONNÉ LA PAUVRE FILLE.
EH, TOI!
JE PEUX ENTRER?
JE SUIS REVENU POUR TOI.
LE SOUVENIR DE SES SUPPLICATIONS ÉTAIT ENCORE FRAIS DANS SA MÉMOIRE.
SA CHANSON...
« JE NE PEUX PLUS ÊTRE SEULE... »

IL ÉTAIT TROP TARD.

PARDONNE-MOI.
JE N'AURAIS PAS DÛ TE LAISSER.

LORSQU'IL EST REVENU AU CAMP, ILS N'Y ÉTAIENT PLUS.

NON...

SA NOUVELLE FAMILLE ÉTAIT PARTIE SANS LUI, ET L'IMAGE DE LA FILLE NE LE QUITTAIT PAS, MÊME QUAND IL COURAIT À TOUTE VITESSE.

IL N'Y AVAIT PLUS DE DOUTE, MAINTENANT. POUR LUI, LA FIN ÉTAIT PROCHE.

LES SOUVENIRS SONT IMPOSSIBLES À OUBLIER.
COMME DES CICATRICES, TU SAIS.
TOUJOURS PRÉSENTS.
ANCRÉS EN TOI.
MÊME AU MILIEU DE LA FORÊT DENSE ET INFINIE.
CLAIRS, MÊME DANS LE NOIR.
IL ÉTAIT PERDU.
ENCORE PERDU.
MAIS PEUT-ÊTRE...

PAS SEUL.

JE N'ARRIVE PAS À DORMIR NON PLUS.

QUE LUI EST-IL ARRIVÉ, M'MAN?

IL A RÉUSSI À SORTIR DE LA FORÊT, ET S'EST EFFONDRÉ, ÉPUISÉ, SUR UNE RIVE.

TU REVIENS DE LOIN, MON FILS.

PAPA?

JE SUIS PERDU.
JE VAIS MOURIR ICI.
NON.

IL EXISTE, AU LOIN, UN CAMP ÉPARGNÉ PAR LA MALADIE.

MARCHE LE LONG DE LA RIVIÈRE. LORSQUE TU ATTEINDRAS UN ARBRE SOLITAIRE, QUITTE LA RIVE PÉNÈTRE DANS LA FORÊT.

TU TROUVERAS LES NÔTRES.

PARFOIS, JE ME DIS QUE JE SERAIS MIEUX AVEC TOI, DANS LES TERRITOIRES DE CHASSE.
PARFOIS, JE ME DIS QUE JE DEVRAIS SIMPLEMENT FERMER LES YEUX ET DORMIR POUR TOUJOURS.

NE FERME PAS LES YEUX, FILS.
IL TE RESTE TANT DE CHOSES À VOIR.

TU ES LE DERNIER REPRÉSENTANT DE NOTRE FAMILLE, NUAGE BLANC. TU ES PLUS FORT QUE TU LE CROIS.
J'AURAIS DÛ RESTER AVEC MON FRÈRE.
JE L'AI ABANDONNÉ À SON SORT.
IL T'AIMAIT ASSEZ POUR TE LAISSER PARTIR, MON FILS.

ET C'EST CE QUE J'AI FAIT.
POURQUOI DOIT-IL MOURIR, ET M SURVIVRE?
TA SURVIE SIGNIFIE QUE NOUS N TOMBERONS DANS L'OUBL

DONC, NOUS
VIVRONS
TOUS.

ON NE MEURT
PAS QUAND ON VIT
DANS LE CŒUR DES
AUTRES.

RETROUVE TES
FORCES, FILS.

AFFRONTE TES
PEURS AVEC
BRAVOURE.

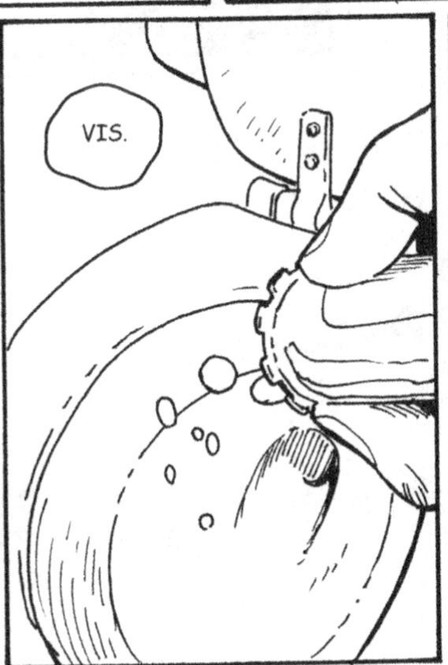
VIS.

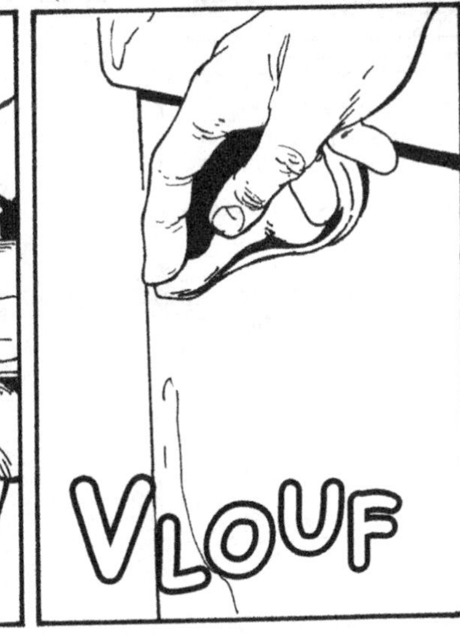
VLOUF

IL S'EST MIS EN ROUTE CE MATIN-LÀ, BIEN DÉTERMINÉ À SE TROUVER UN NOUVEAU CHEZ-SOI.
L'AMULETTE QUE PIERRE ET NUAGE BLANC ONT PORTÉE EST DANS NOTRE FAMILLE DEPUIS SEPT GÉNÉRATIONS.
ELLE RENFERME POUVOIR D NOTRE CULT
ELLE T'AIDE PENDANT GUÉRISON
IL A MARCHÉ UN JOUR ET DEMI SUR LA RIVE AVANT D'APERCEVOIR L'ARBRE.
LE CAMP ÉTAIT ENCORE LOIN.

LA CHALEUR DEVENAIT ACCABLANTE. ASSOIFFÉ,
YANT MARCHÉ À DÉCOUVERT PENDANT LONGTEMPS,
NUAGE BLANC A CRU SON HEURE ARRIVÉE.
MAIS, SELON UNE LÉGENDE QU'ON RACONTE DANS
NOTRE FAMILLE, IL A VU SOUDAINEMENT, DANS
LE CIEL, UN NUAGE D'OÙ ÉMERGEAIT UN SERPENT.
S'IL AVAIT LÂCHÉ PRISE, LE
REPTILE L'AURAIT TUÉ,
NUAGE BLANC EN ÉTAIT SÛR.
L'OISEAU-TONNERRE
RETENAIT LE SERPENT.
À L'INSTANT MÊME OÙ LE
SERPENT COMMENÇAIT À PRENDRE
LE DESSUS, UN AUTRE OISEAU-
TONNERRE EST APPARU, FONCÉ
ET VIF COMME L'ÉCLAIR.

IL S'EST ALORS MIS À PLEUVOIR.
ET IL ÉTAIT SAUVÉ.
IL A SURVÉCU À L'UN DES PIRES MOMENTS DE NOTRE HISTOIRE. IL A SURVÉCU POUR FAIRE CONNAITRE LES FAITS PASSÉS AUX GÉNÉRATIONS SUIVANTES.
POUR QUE NOUS N'OUBLIIONS JAMAIS ET QUE NOUS NE PERDIONS JAMAIS ESPOIR. POUR QUE **NOUS SACHIONS** QUE NOUS SOMMES FORTS.

NOUS APPELONS LA VARIOLE LA MALADIE DES PUSTULES.
AU COURS DE NOTRE HISTOIRE, ELLE A TUÉ DES CENTAINES DE MILLIERS DES NÔTRES.
CEUX QUI Y ONT SURVÉCU PORTAIENT DES CICATRICES.
DES CICATRICES QUI NOUS RAPPELLENT À JAMAIS LE PASSÉ.
LE 24 MARS 2013
NOUS AVONS TOUS DES CICATRICES, DES SOUVENIRS DE TEMPS DIFFICILES.

MAIS LE PASSÉ NE DOIT PAS NÉCESSAIREMENT NOUS DÉFINIR.
STOP
4 WAY
EN FIN DE COMPTE, NOUS NO
DÉFINISSONS NOUS-MÊMES
PAR LES GESTES QUE NOUS
POSONS — COMMENT NOUS
TENONS COMPTE DU PASSÉ E
ENVISAGEONS L'AVENIR.
ET SI CERTAINS NOUS ONT PRIVÉS D'AMOUR, NOUS POUVONS, PAR AMOUR, LES RETROUVER.
NOUS AVONS LE CHOIX : SOIT ABANDONNER, SOIT SURVIVRE.
AUCUNE PERSONNE, QUELS QUE SOIENT SES EFFORTS, NE PEUT PRENDRE CETTE DÉCISION POUR NOUS.
À SUIVRE...

Made in the USA
Monee, IL
07 June 2021